KB151834

하양의 신비

사임당 시인선 ㉑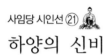

하양의 신비

초판인쇄 / 2018년 5월 1일
초판발행 / 2018년 5월 10일

지은이 / 선영자
편집주간 / 배재경
펴낸이 / 배재도
펴낸 곳 / 도서출판 작가마을
등　록 / (제2002-000012호)
주　소 / (48930)부산시 중구 대청로 141번길 15-1 대륙빌딩 301호
　　　　전화: 051)248-4145, 2598　팩스: 0510248-0723
　　　　전자우편: seepoet@hanmail.net

정가, 10,000원

국립중앙도서관 출판예정도서목록(CIP)

하양의 신비 : 선영자 시집 / 지은이 : 선영자. ― 부산
: 작가마을, 2018
p. ; 　cm . ― (사임당 시인선 ; 21)

ISBN 979-11-5606-102-1 03810 : ₩10000

한국 현대시[韓國現代詩]

811.7-KDC6
895.715-DDC23　　　　　　　CIP2018012651

※ 이 도서의 국립중앙도서관 출판예정도서목록(CIP)은 서지정보유통지원시스템 홈페이지
　(http://seoji.nl.go.kr)와 국가자료공동목록시스템(http://www.nl.go.kr/kolisnet)에서 이용
　하실 수 있습니다.(CIP제어번호: CIP2018012651)

사임당 시인선 ㉑

하양의 신비

선영자 시집

도서출판 작가마을

책머리에

인간은 누구나 고독하다고 생각한다.
하나님께서 아담을 만드시고,
너무 외롭다고 하와를 만드셨다고 했는데 그래도
인간들의 고독은 어쩔 수 없다.

더구나 어떤 집단에서 소외되었을 때
외롭고 쓸쓸하고 때로는 자살까지도 한다.

각자의 생각과 개성이 달라서 그렇기도 하고
까닭 없이 울고 싶고 가슴 아픈 때도 있다.

지난 제1집 시집에서 나무만 노래하고
풀꽃을 제외시켰다.
그래서 풀꽃들에게 내내 미안했음이
펜을 들게 된 동기이다.

풀꽃을 쓰다가 갑자기 남편의 소천으로
그 슬픔은 어디에도 말 할 수 없이 괴로웠고
날이 갈수록 더욱 더 외로워 몸부림치며
이것저것 생각이 뒤엉키기도 했다.

어차피 언젠가 나도 가야 하겠지만
버리고 간 남편이 너무 야속하기도 하다, 아직은...

여기에 언급되지 않은 풀꽃들이여!
내 모든 것을 용서해주길 바라면서.

2018. 봄

남편의 영정 앞에서, 선영자

사임당 시인선 **21**

선영자 시집

책머리에 • 5

제1부 / 풀꽃

풀꽃 1 • 12

풀꽃 2 • 14

유채화 • 15

수선화 • 16

자운영꽃 • 18

패랭이꽃 • 20

양지꽃 • 22

도라지꽃 • 23

달개비꽃 • 24

엉겅퀴꽃 • 25

옥잠화 • 26

상사화 • 28

제라늄 • 29

구절초 • 30

국화 • 31

해바라기 • 32

연밥 • 34

안개꽃 • 36

달맞이꽃 • 37

Contents

하양의 신비

제2부 / 나에 대하여

자화상 • 40

아호 초현 • 41

내 가없은 팔 • 42

이슬 • 44

MRI 찍는 날 • 46

아직도 버리지 못하고 • 48

어머니의 비녀 • 50

가을에 떠나고 싶네 • 52

떠나야 하겠지만 • 54

안개 • 55

훈이 • 56

오라버니 • 58

테크라 • 60

제3부 / 떠나간 당신

상한 갈대 • 64

비 오는 날의 새벽 • 66

그대 떠나는 날 • 68

나 홀로 • 70

회한 • 71

돌아올 수 없는 강 • 72

사랑의 빚 • 74

못하고 • 76

금혼식 • 78

제 4 부 / 피난처

하양의 신비 • 80

피조물 • 82

이유 • 83

꼬일 때일수록 • 84

구름 • 85

절제 • 86

피난처 • 88

주일 아침 • 90

새벽길 • 92

사랑 • 94

공존 • 96

비상시국 • 98

불신시대 • 100

사임당 시인선 ㉑ 선영자 시집

제5부 / 봄 여름 가을 겨울 그리고.....

분수 • 104
물방울꽃 • 105
유월 • 106
섬 • 107
장마 • 108
초승달 • 109
매미 • 110
달아공원 • 112
가을햇살 1 • 113
가을햇살 2 • 114
너와 함께라면 • 116
어느날 오후 • 118
청송주산지 • 120
송이버섯 • 121
판화 • 122
흐르는 것들 • 124
사다새 • 126
무채색 • 127
미세먼지 • 128
산의 묵상 • 129
지진 • 130
만추 • 132

해설 양왕용 / 꽃에 대한 관심과 절망
의 극복 • 134

제1부
풀 꽃

풀꽃 1

화려한 꽃밭
아예 꿈꾸지 않고

땅 냄새 맡으며
어디든지 스스로
땅심을 향해
발을 뻗어

지나가던 나그네가
밟아도 꿈적 않고

비바람 몰아쳐도
뿌리 뽑히지 않아

소박하고 천연스러움으로
흙 속에 바람 속에
그 가냘프고 아련한
향기

아, 나도
순박하고 단아한
풀꽃이고 싶다.

풀꽃 2

물기 있는 자투리 땅
실개천 언저리
또는 논두렁

겸손하게
순수하게
소박하게

눈에 띌 듯 말뜻 해도

이슬과 바람, 햇살
살짜기 눈 맞추어 가며

삼삼하게 정답게 무리 지어
실바람에 살랑인다.

유채화

아직도 꽃샘바람
살짝 몸살 앓게 하는데

황금빛 춤사위 물결
숱한 번뇌
흩어버리고

따스한 햇볕
장다리꽃처럼
발돋움 하는 무리 사이로

한가한 오후의 시간
드디어 노오랗게
고요한 호수처럼 머문다.

수선화

이른 봄
출렁이는 남쪽 바다
양시 바른 무덤 가장자리

여린 줄기
맵시 있게 뻗어

희는 듯 연노란 빛
6장 꽃송이의
청초함

연한 꽃잎 가운데
동그랗게 자리 잡은
단아한 금잔 옥대

자만에
요정 에코의 사랑을 외면하고
물에 빠진 나르키소스의 혼

* 16

은은하면서도
진한 향기에 도취되어

많은 이들에게
자만도 용서받은 꽃.

자운영꽃

화사한 봄날
심심한 바람이
햇빛 꼬드겨
들판을 누빌 때

멀리 아지랑이 놀다 간
풀밭

파릇한 융단의
풀냄새 풍기며
홍자색 나비

야들야들
봄바람에 나부낀다

그 언젠가
너랑 나
풀물 옷깃에 문질러가며

한 아름
자운영 꽃다발
만들었던 시절의 추억

내 눈 앞에 자운영 꽃
나비처럼 너울거린다.

패랭이꽃

낮은 산
양지바른 언덕배기
흘러내리는 개울 옆

비스듬히 쓰러지듯
방긋거리는
귀여운 자태

진분홍색 꽃잎
톱니모양 갈라진 부분
잘디 잔 무늬들
보송보송 긴 털

어찌 보면
카네이션 꽃
약간 닮아

패랭이는 옛날
신분 낮은 이의 모자

하지만
예쁘고 귀엽고
재미있게 생겨

더욱 친근감이
생기는 꽃.

양지꽃

산기슭 언덕배기 밑
꽃샘추위 머뭇거려도

따스한 햇볕만 바라보며
조금은 수줍은 듯
노오란 미소

돌아오는 길목에서도
연신 봄 처녀 기다리는
가냘픈 눈웃음

찬란한 봄날은 아마도
질경이 뿌리부터
저려 밟고 오려나.

도라지꽃

내 고향 고샅길
감나무 밑
묵정 밭

흰색 남보라 색
작은 풍선처럼
부풀어 올라

드디어 개화
펼쳐진
다섯 갈래

하늘에서
별이 떨어졌나
너무나 지고지순하여
「영원한 사랑」이란
꽃말이 붙었나

지금도
내 마음 속 피어나
아른거리는 별들.

달개비꽃

울창한 편백나무 아래
하늘이 너무 그리워

길섶에 나 앉아
하늘색으로 꽃피웠지

잡초 속에서
입술 꼭 다문 채
눈망울만 굴리는데

하늘은 모른 채
구름하고만 노닐어

서러워 서러워서
잡초 속의
비탈로 숨는다.

* 24

엉겅퀴꽃

이른 봄부터
호랑나비의 꿈을 꾸고
언덕배기에서
바람과 함께 싹을 틔워

온몸을 가시로 보호하며
진분홍빛 보랏빛
무수히 모인 작은 통꽃
한 곳에 뭉쳐

달디 단 꽃물 영글 때
그리던 호랑나비 수십 마리

드디어 가을 되면
민들레 홀씨처럼

하얀 솜털 날개 달고
바람 따라 떠나가네.

옥잠화

뜨거운 땡볕
끌어안고

뜰 안 바위틈에 숨어
하이얀 주머니들
옷깃마다

필 듯 필 듯 피지 않는
꽃망울
옥비녀

하마 꽃잎 여는 소리
귀 기울여 봐도

희다 못해 파리한 입술
반쯤 벌리다 말고
개화의 꿈
꼭꼭 다물어

하염없는 부끄러움
흰 빛에 용해되어
눈이 시리도록
서럽다.

상사화

빼어난 경관
어우러진 홍청무늬
날렵한 산사山寺

여기저기 띄엄띄엄
대여섯 자루 모인 꽃대 위

점점이 솟은 수술
주홍나비 무늬의 꽃들
산사를 더욱 화사하게 하고

한 여름의 끝자락 9月
마치 봄으로 착각 일으켰나

하지만
잎들을 못 보는 한이
꽃대마다
물오르듯 스며 있네.

제라늄

사철 내내 긴 모가지
창밖 내려다보며
무엇을 그리도
그리워하나

어제도 오늘도
베란다 밖

낙동강, 바다, 을숙도, 에덴공원
그리고 아파트 숲

하염없이 내려다보며

향수에 젖은 이삭을 뿌리는

우리는 동반자.

구절초

봄 여름 모두
타일러 보내고

산중턱
빽빽한 수목들

그래도
하늘은 보이는
언덕배기에

한가하게
가을을 품고
이토록 청초한 모습으로

산행하는
사람들 바라보며

가을바람에
가녀린 허리
여유 있게
흔들어 본다.

* 30

국화

–창원 국화축제에 다녀와서

봄 여름 긴긴 세월
꼼지락 꼼지락
향내 일구어

하늘이 너무 푸른 날
여느 다른 꽃들
자취 감추고 나면

산으로 들로
가지가지 빛깔로

봄 여름 가을
가꾸어 온 꽃내음

내 가슴 속 서늘하게
오감을 자극하고

가을의 청량함
온몸으로 퍼지누나.

해바라기

너의 고향은 중미中美랬지

가을의 길목에 서서
마지막 정열로 한껏 타오르며
까아만 씨앗 영글어

햇살 짙게 내리는
여름 한낮 내내
노오랗게 바라보다가

길다란 담 벽으로 다가오는 가을에
노랑에서 진노랑으로
표정 바꾸어
더욱 짙게 씨앗 품으며

먼 머언 기다림의 시간을 접어가는
겸허한 몸짓

문득 그 옛날
우크라이나 들판에서

끝없이 피어있는 해바라기를
바라보는
'소피아 로렌'의 커다란 눈망울

씨앗 속에 명멸한다.

연밥

모진 세월
진흙탕에 뿌리박아

바짝 낮게 엎드려
지은 죄 용서 빌어

칠흑 같은 세상
자성하는 마음
안으로 안으로 엮은 참회

드디어
우산 같은 연잎 되고
연꽃의 우아한 자태

차분히 마음 가라앉혀
속죄하는 형상으로
세상을 밝히더니

고난, 자성, 속죄, 참회...
드디어

* 34

작은 항아리 같은 열매 속에
알알이 뭉쳐져
쏙쏙 하늘을 향해
발돋움 한다.

안개꽃

톡톡
튀지도 말자
얼굴을
붉히지도 말자

수많은 작은 꽃들

하얀 망울 점점이
한데 어우러져

이렇게도 부드럽고
이렇게도 행복한
분위기

다른 모든 것
더 돋보이게

그런 어울림으로
살자.

* 36

달맞이 꽃

여름의 땡볕
눈이 부셔
물가 빈터에
조용히 엎드려

땅거미 내려앉고
어둠이 몰려올 즈음
비로소 살며시
홀로 피어

그리운 달님 맞으며
배시시 웃는 수줍음

조용하고 서늘하고 아늑하여
은은한 달빛과
노닐다가

해 뜰까봐 무서워
얼른 눈감아 버렸나
오므라진 꽃잎들.

제 2부
나에 대해서

자화상

낯설다.

젊은 날
그 반짝이던 눈망울
어디가고

퍼석하고
성긴 머리카락

어디선가 불쑥 나타난
어떤 노인

윤기 잃은 얼굴엔
세월이 켜켜이 쌓여

거울 속에서
나를
물끄러미 바라다본다.

아호雅號 초현草賢

풀처럼 납작 엎드려
겸손해야지

야망도 롤 모델도 소망도
있는 듯 없는 듯
그렇게 살아야지

하지만
풀빛을 내며
야들야들 그렇게 살아야지

인생 고개
험한 고개
풀빛을 띄우고
그렇게 넘어야지.

내 가엾은 오른 팔

밤마다
내 오른 팔
기나 긴 압박붕대로
옷을 몇 겹 더 입는다

림프샘을 제거 한 후
내 팔은 날마다
바람 든 풍선처럼
부풀어 올라

내 가엾은 오른 팔로
잠 못 이루는 날 잦고

어쩌다 세월은
18년이나 흘렀네

오늘 밤도
내 오른 팔
압박붕대에 파묻혀

숨 좀 쉬겠노라
아우성친다

아, 가엾은 내 오른 팔.

이슬

착하디 착 했던
내 아픈 손가락
어느새
키 큰 아저씨 되었네

바람 불면 날아갈까
비가 오면 감기 들까

주야로 조바심 안고
바라만 보았건만

늘 사랑에
굶주린 얼굴로

멀뚱하니
세상만 원망하던
내 아픈 손가락

서도 걱정
앉아도 걱정

* 44

밤이 되면
내 아픈 손가락 생각하며
베갯머리에 맺히는
슬픈 이슬.

MRI 찍는 날

갑자기 머리통이 욱죄며
쇠붙이로 감싸고
꾹꾹 눌린 듯

젊은 의사
커다란 원통 속에 넣고
스위치를 눌렀나

투다닥 투다닥
톡톡 톡 토그르
탁탁 타그르르

찍찍 찌직 찌리리
우르르 탕탕

온통 정신을 차릴 수 없어
소리소리 질러도

몇 시간이 지난 듯한 때
비로소 한숨 크게 굴렸네

* 46

이름 하여 생지옥
결과는 뇌경색이라.

아직도 버리지 못하고

비워라 했던가
버리라 했던가

지지고 볶고
볶고 또 지지고

그렇게
한세상 살다가

온 세상
미세먼지 꽉 차고
바람과 구름과 APT와
하늘과 땅

아직도
무엇인가 빽빽이
가득 찬데

내 가슴 속
꽉꽉 차 있는

* 48

아픔 고뇌 망상...

아직도 비우지 못하고
아직도 버리지 못하고

어머니의 비녀

고향의 대나무 숲
가장자리
오솔길이 동그라미 그리고

고샅길 끝자락
싸립문 열면 우리집

남편도 없는 시집살이
어린 남매 키우느라
굵어지는 손가락 마디

대청마루 밑
또아리 틀고 있는 엽전 꾸러미
항아리 옆 쥐떼들 쏘다니고

가시나가 무슨 여행을 가냐고
장독대가 들썩거리도록
빗자루로 마당을 치시던 할아버지

하지만 여행 보내고 싶은
어머니 마음

보리쌀 몇 대박인지를 이고
새벽길 가르며 학교로 향하셨던
어머니

보리쌀 자루 밑
그 반짝이던 비녀.

가을에 떠나고 싶네

이른 봄 추운 날씨에
이 세상 태어났던 나

젊은 날 모든 잘못
꽃샘추위 때문인가
생각했건만

근심 걱정 희노애락
이래저래 헤쳐 가며

세상구경
할 만큼 했네

이제는 떠나야 할
그날 생각하니

이왕이면
무르익은 어느 가을
빨강 노랑 고운 단풍
산들바람에 흩날리는

가을과 함께
낙엽과 함께

그렇게
이 세상
떠나고 싶네.

떠나야 하겠지만

오래도록
집안에만 있으면
어디론가 훌쩍
떠나고 싶고

어디론가 떠나서
얼마만 지나면
집이 그렇게
그리워지는---

얄미운 세월
어느새
떠나고 싶어도
쉬 떠나지 못하고

하지만
우리는 어차피
떠나야겠지.

안개

온 세상이
뿌옇네 뿌옇네

모든 사물이
자기 존재를 잃어
보이질 않네

마치
우리가 왜 사는지?

앞이 안 보이네.

훈이

-둘째 아들

딸이 없어
항상 외로운 엄마
너가 있어
행복 했었다

어릴 적부터
재롱 피우고
웃음바다 만들어

귀여웠던
사랑스럽던
씩씩했던

그때 벌써
효도 다했던 너는

항상 형 입장
남의 입장만
배려했던 너는

* 56

지금은 이국땅에서
딸이 벌써 고삼高三
딸 아들 키우느라
허리 휘어지는
한 가정의 아빠가 된 너는

생각만 해도
대견하고
마음 뿌듯하고

그래서 행복하고.

오라버니

하늘 아래 둘도 없는 남매
내 오라버니

젊었을 땐
예의범절 깎듯하고
미남에 인기도 많았고
항상 밝은 미소로
다정다감 넘쳐났더이다

오직 한길
교직생활 40여년
초등교육 다지시며
이 땅에 젊은이들
당당하게 키우셨더이다

세월 이기는 장사 없어
지금은 여든 넘어
여기저기 아픈데 늘어나도

항상 넘치는 정 때문에
제자들 문전성시 이루었더이다

내 자랑스런 오라버니
그 인품이
나로서는 오르지 못할
큰 산으로
언제나 내 삶에
울타리가 되셨더이다.

테크라

멀리 아프리카 이국땅 케냐
피부색도 다른 꼬마 아가씨

컴패션*을 통해
주고받은 편지, 사진

달마다 해마다
커가는 너의 모습

어느 덧
예쁜 아가씨로
성장 했는데

지금은 케냐 하늘 아래서
꿈 많은 처녀로
변해 있겠지

날마다 날마다
너의 사진 바라보며
뿌듯하고

* 60

행복한 내 마음
입가에 번지는 미소

꼭 한번 만나서
행복하게
한번 안아보고 싶은

* 컴패션 : 주로 아프리카 어린이를 돕는 후원단체. 달마다 일정한 금액을 해당
    어린이에게 보냄.

제 3부
떠나간 당신

상한 갈대
-병마에 고통 하는 남편을 보며

꺼져가는 등불도
끄지 않으시고

상한 갈대도
꺾지 않으시는

그 크신 하나님의 사랑

병마에 시달려
그렇게도 심한
고통 때문에

두 손 다 무엇 하나
어찌 할 수 없는 울먹임

하나님은
반드시 당신을
찾으실 거예요

* 64

감당 못할 시련은
주시지 않는다 했어요

더 크신 사랑으로
당신을 보듬어 일으키실 거예요.

비 오는 날의 새벽

여명을
뽀얀 안개가 끌어안고

촉촉한 물기
찬물을 적시며
하늘이 먹먹한데

그대는 지금
중환자 병석에서
무엇을 생각할까

70여개 성상
파노라마 가슴에 안고
창밑 가로대에 맺힌 빗물처럼
눈가에 젖은 눈물

2년 가까이
기나 긴 시간
아픔과 고통의 세월

쓰린 마음
달랠 길 없어
찢어지는 내 가슴.

그대 떠나는 날

그대 떠나는 날 아침
머리끝에서
발끝까지
온몸으로 울었다

다하지 못한 정성
회한으로
눈물에 범벅되어
끝도 없이
뺨을 스쳐 내리고

산소호흡기가
무색하게
그대는
말 한 마디 없이
그렇게 떠나 버렸다

그 크나 큰 고통
바람 되어
멀리멀리 떠나 보내고

사방은
정적에 까무러쳐 버리고

나 홀로

그대
그렇게 떠나 보내고

시간은 지천으로
늘려 있어

나를 붙잡고
놓아주질 않는데

문소리만 나도
혹시 그대인가

그리움 꼬리 물어
밤을 부르고

나는
날이면 날마다
망망대해 한 켠에
조그맣게 솟아 있는 작은
섬

외로운 섬.

* 70

회한

눈 감으면
자꾸만 떠오르는
당신의 모습

천장으로 허공으로
큰 신음 뱉어내다가

제 풀에 까무러쳐
온몸이 납작
침대에 푹 빠져

있을 때 잘해
노랫말처럼
잘 못했던 일만
자꾸 생각나는 이 밤

눈을 떴다 다시 감으면
어둠과 함께
휘돌아 떨어지는
물방울.

돌아올 수 없는 강

21층 높은 곳
에덴공원 을숙도
흘러가는 낙동강 하류가
내려다보이는 둥지

흘러간 지난 날
추억으로 남겨지고
행복했던 그 시절도
속절없이 무너지고

고뇌와 고통
온몸으로 휘어 감고
소리소리 치다가

돌아올 수 없는 강
혼자서
그림자도 없이

그대는
잡은 손 놓고

* 72

그렇게
떠났습니다.

사랑의 빚

피는 물보다 진하다지만
피보다 진한 것
사랑이어라 우정이어라

바람도 흐르고
구름도 흐르고
인생도 흘러흘러
겨울 해 산 능선에 걸렸는데

짧고도 긴 여정
굽이굽이 겪은 시름

이 마지막 고비에
쓰러진 허리
보듬어 일으키는
사랑의 손길 우정의 손길

오로지
접힌 허리 펴고
똑바로 걸어야 겠지

* 74

그래야 사랑의 빚을
갚겠지

우리 삶의
아름다운 배경이 되어준
그 사랑 그 우정 영원하리.

못하고

유유히 흐르는 긴 세월
짧은 인연

반 백 년도
채 같이 못하고

혼자, 혼자서
그 먼 길
훌쩍 떠나고 싶었던가

카타르시스

낙천적인 듯 허허 웃으며
살다가
그렇게 고통으로
떠나가고

애달픈 사연
다 읽지도 못하고

안구 건조증 눈에서
쉼 없이 흐르는 눈물
닦아 주지도 못하고.

금혼식

그대와 결혼 한지
49년 4개월

크루즈로
성지순례 가자는 약속
지키지도 못하고---

크나큰 고통 버리고
그렇게
바람과 함께
가셨네요

8개월을 못 참고
금혼식도 못하고

제 4부
피난처

하양의 신비

화창한 봄날
신부의 하이얀 웨딩드레스
채도가 없어도
눈부신 황홀함

여름날
솜을 쌓아 놓은 듯
피어오르는 뭉게구름의
오묘함

이른 가을날
하늘은 점점 푸르러 가는데
높은 산골짜기 우거진 숲 아래
세로로 겹겹 흰 기둥으로
쏟아지는 폭포수의
장엄함

겨울 날
흰 눈 차곡차곡 쌓여
모든 더러움

한꺼번에 삭제하는
순수

다른 어떤 색들도
흉내 낼 수 없는 카리스마
하양의 무게

빨강 파랑 초록빛 어울려
하양이 되는 신비

하나님의 솜씨

그래서 천국은
눈부신 하양이라
했던가.

피조물

원죄를 안고
적신으로
이 땅에 울음과 함께
왔었지요

살아온 세월만큼
본죄의 덤불 무게로
참회의 실타래
풀며 살았지요

이제는
새로운 피조물 되어
성령 충만으로
여생을 살아야겠지요

주님 말씀대로 살며
하늘 가는 밝은 길만
바라보고 살아야겠지요.

* 82

이유

아담의 갈비뼈 하나로
여자를 만드셨다네요

그 여자 하나
유방암으로 방사선 후유증

x레이엔
갈비뼈 오랜 세월로
석회질 가루되어

여기 저기 별처럼 흩어져
흘러 내렸네요

통증에 시달리는
내 불쌍한 오른쪽 갈비뼈

하지만
아직까지 살아 숨 쉬는 건

신묘막측 하신
하나님 덕분.

꼬일 때일수록

성경의 9가지 열매
이 같은 것을
금지할 법이 없다 하시네

사랑, 희락, 화평, 오래 참음...

여태까지 잘도 오래 참은 일
많았는데

오래 참음이 꼬일 땐
가슴앓이에 시달리는
나 자신에게

너무 잔인한 이 형벌
금지할 법은 없는 가

그래도 참아야지
참아야 하겠지.

구름

사랑하라 했는데
원수도 사랑하라 했는데

아직도 난
내 신경을
곤두서게 하는 사람
왜 얄미울까

미워하지 말고
보듬어 주라고 달래주라고
했는데

수시로
내 신경을 건드리는 말

내 마음 속에
짙은 구름이
쌓인 듯...

절제
-그대 가시고 한 달 후

내 가슴에
사파니아 꽃잎 같은
참회의 눈물

후회스런 지난 날
망각의 망치로
깨트려 가며

사라져 간
새벽 종소리 같은
경종의 울림
듣게 하소서

고통, 슬픔, 후회
세상만사
다시금 날마다
허망해지려는
순간순간마다

항상
다윗의 시를
품게 하소서.

피난처

어스름 황혼이 지고
땅거미 덥힐 무렵

가슴팍에 파고드는
쓸쓸한 바람

모래알처럼
서걱이는
외로움

그대가 남겨놓은
휑한 빈자리
뿌리고 뿌려

이럴 때면
주님은
나의 피난처

여호와로 인하여
내 영혼
즐거움 찾아

주님 팔에 안겨
부드럽고 안온해지는
내 마음.

주일 아침

침실에서 눈 뜨며
모든 것 다 볼 수 있어
감사

일어나 걸어가게 해주셔
감사

가슴은 기쁨에 넘쳐
감사

예배시간 맞춰
교회를 향하면

가로수 잎새들도
기쁨으로 춤추고

사랑이 흐르는
거룩한 시공

말씀 말씀마다
들을 수 있어
감사

무엇인가
뿌듯한 마음
상쾌한 아침
감사

돌아오는 발걸음
가볍게 해주셔서
감사.

새벽길

한참을 내려다보며
쭉—
교회까지 연결되는
기나 긴 내리막 길

뿌우연 운무에
누운 듯 실린 듯

미끄럼 타듯
어둠을 가르고
신호등이 손짓하면
한달음에 달려가

성도들의 기도소리
나를 에워 안는다

새벽 기도 끝내고
40도 각도의 비탈길
쳐다보면
길이 하늘에 닿은 듯

* 92

오르고 오르면
숨이 턱까지 차올라
골고다의 언덕
십자가 생각하며

드디어 아파트에
도착하면

나를 반기는 상큼 한 아침이
우리 집 앞에 서 있다.

사랑

그것은 얼마나 부드러운지요

휠체어 밀고 가는 이의 발걸음
장애우의 얼굴에 번지는 미소

그것은 얼마나 따스한 지요

채소 묶음
여기저기 가지런히 묶어 놓고
손님 기다리는
아낙네의 등에 업혀
새근거리며 잠자는 아가의 가슴팍

그것은 얼마나 달콤한 지요

풀꽃 조잘대는 오솔길에서
선남선녀 나란히 팔짱 끼고
무엇인가 속삭이는 말

그것은 얼마나 너그러운 지요

말썽쟁이 아들 딸 서로 다툴 때
늙으신 부모님 속은 문드러져도
아들 딸 공평하게 품어주는 말씀

그것은 얼마나 넓고 큰 지요

무거운 짐 내려놓고
두 팔 벌려
다 내게로 오라는 말씀
모든 죄 용서하고 기다리시는

공존

굽이굽이
온갖 전설을 싣고
흘러내려 온 낙동강 물
맞이하는 해무

고층 빌딩 아래
흐느적 깔려
신기루처럼
하늘에 떠있는 빌딩

강의 끝자락 바다와 연결되는
끝과 시작의 공존

하구언 언덕 위엔
흘러가고 흘러오는 차들의 차창
아침 햇살 반사되어 번쩍이는
시작과 끝의 공존

아옹다옹 거리며
살아가는 우리네 삶

* 96

21층 아파트 창가에
교훈을 띄운다

세상은 그래도 아름답고

모든 것이 공존하여
조화를 이루고
아름다운 그림을 남긴다고.

비상시국

창가
네모난 하늘
여객기들만
가로질러 한 일자(−)만
쫙 그었는데

요즘은
거위 모가지 모습의
전투기

수시로 구름 뚫고
지나가니

한 치 앞도 모르는 우리

전쟁은 오로지
하나님께 달렸으니

이 땅 조국에
전 세계에

* 98

다시는 전쟁이 없도록
기도 또 기도

두 손바닥 무릎이
닳고 닳도록.

불신시대

아무리 옳다고 말해도
'내 그걸 믿으란 말이냐'는
식

허기야
나도 나를 못 믿는 데---

얼마나 그동안
속아 살았기에

믿어 달라고
믿어 달라고
애걸복걸해도

절대로
믿어주지 않는

오늘날
불신시대에서

* 100

엉거주춤
갈피 잡기
힘들다.

제 5부
봄 여름 가을 겨울 그리고…

분수

끝없는 비상
푸른 하늘 바라보며

솟구치고 싶은 욕망
오로지
위로만 위로만
치솟는

방울방울 은방울
하늘에 별을 그리고

무성한 초록의 향연 속에
흩어지는 물방울
은방울 되어

손사래로
은색의 꽃
피운다.

물방울 꽃

제주바람 처마 끝에
유채꽃도 좋다만

산기슭 진달래
분홍 꽃도
마음 설레지만

몇 천 년을 방울방울
돌고드름에 맺혔다가

한 방울 두 방울
고인 물에 떨어져서

일정한 시간 맞춰
통통 튀며 피어올라
튕겨 오르는 물방울 꽃
떨어지는 시간 사이

끝없는 세월 엮어
석순 되어 자라나네.

유월

무성한 초록의 향연
아침이슬 은방울 되어
흘러내리고

눈부신 햇살
온 들판
누빌 때

어디선가 풍요로운 향내
내 몸속으로
빨려 들어오는 것 같은
6월의 청명한 아침
청량음료를 마시듯
향기롭다 신선하다
맑은 기운이 감돈다

은은한 힐링.

섬

어쩌면 너와 나
각각 하나의 작은 섬

가까이 가려고
무지 애써 보아도

끝내는
하나 될 수 없는
숙명

오뚝하니
바다 속에 뿌리박고
밀려오는 파도만이
내 존재를 곧추세우며

이리저리 흔들리는
고독의 표징.

장마

어쩌다 햇볕이 쨍쨍
그래도 우산은 챙겨야 해

무시로 쏟아지는 빗방울

그쳤다 내렸다
그 축축함

그래도
찬란한 내일을
기다리는 마음

오늘을 축축하게 보낸다.

초승달

노을도 채
가시기 전

서쪽 하늘
깜찍한 매무새
날렵한 허리
반짝이는 눈동자

저리도 아름답고 묘한 절경

잔 물결치는 고요
내 혼탁했던 마음 씻어

순간 내 눈길 사로잡아
한참을 시선 고정
가슴 설레었는데

어느새
서쪽하늘로 사라져

아쉽다.

매미

근 십년 물속에서
그리움 휑구며
이리저리 뒤뚱거리다

드디어
천지개벽
성충되어 날개 달아

느티나무 중턱에서
목 빠지게
부르는 노래 소리에

접었던 부채 살
슬며시 펴는 바람

들녘의 푸른 잎들
윤기로 반짝이고

죽는 날까지
열창을 뽑아내는 정열로

* 110

한 여름은
서서히
생기가 돈는다.

달아공원

설레임과 웃음으로
버스 안 달구다가

잠시 쉬어

너나 할 것 없이
목청껏 노래 불러

지나가던 산들바람
서로를 쳐다보며
눈웃음 짓게 하고

쾌적한 공기
여기저기 섬들
불러 모아
산뜻한 갯내음 풍기는

달아 공원은
바다를 안고
한 폭의 수채화를
그리고 있었다.

* 112

가을햇살 1

지구의 대기층
부드러운 손으로
어루만져

구석구석 오물 잠재워
맑고 푸른 하늘 만들고

따가운 여름 땡볕
일구어낸 열매들

살금살금 어루만져
황금빛 빨간빛 주렁주렁

짙푸르던 잎새
곱게 물들 때
빨강 노랑 갈색

아름답다
황홀하다.

가을햇살 2

미세먼지
조용히 달래어
사뿐히 기리앉히고

투명하도록 산뜻한 산야
가시거리
족히 25㎞나 되겠다

행여 볕이 따가울까 봐
산들바람 살짝기 모셔 와서

바지랑대 팔 벌린
빨랫줄에 노닐다가

오곡백과
더욱 알차게 익어라고
차례차례
어루만지고선

서쪽 맑은 하늘 근처에서
익어가는 가을
둘러보며

뉘엿뉘엿 산 넘어 간다.

너와 함께라면

내 마음에 서리 내릴 때
차 한 잔 나누고
속내를 털어놓을 수 있는
너와 함께라면

바라만 보아도 미소가 번지고
곁에 있어만 주어도 힘이 솟는
너와 함께라면

잔잔한 언어로
서로의 마음 문 열어
안정감을 주는
너와 함께라면

아직도 갚지 못한
사랑의 빚이 있다고
말하는
너와 함께라면

얼마나 행복하고 든든하고———

더 큰 사랑을
배울 수 있지 않을까.

어느 날 오후

내 후회스런 지난 날

깡그리
허공 중에 날려 보내고

우두커니 앉아
창밖
푸른 하늘 바라보며

뒤돌아보지 않기
다짐다짐 하고도

이삭 줍듯
명상의 나래 주워
펼쳐본다.

보람 있었던 일
즐거웠던 시절
감사가 넘치던 시간

한 올 한 올
날줄과 씨줄 엮어

상상의 천
만들어 본다

과연 어떤 색깔이 될까.

청송 주산지

삼백 여년 한결같이
물이 마르지 않았다는
산중호수

물속 깊은 곳에 뿌리 박고
하늘이 내려와 앉은 물 위로
가지 뻗어

저마다 다른 곡선으로
기지개 펴는
수양버들 왕버들———
새벽빛에 물들어

물이 허리춤까지
차올라도
삶을 쉬임 없이 이어가는
경이로운 나무들의 생명력

세월을 흔든다.

* 120

송이버섯

속이 알찬 것은
겉이 화려하지 않아도 된다

청청 푸른 소나무 밑
소복이 쌓인 떨어진 솔잎에
온몸을 숨기고

솔잎 덤불 속에서
보석처럼 숨어서 살아

안으로 안으로
진하고 그 오묘한 향

알찬 영양까지
소복이 쌓아

있는 듯 없는 듯
그렇게 살았느니.

판화

하늘이 그토록
푸르더니

스산한 가을 바람
무수한 활엽수
물감으로 칠한 듯

빨강 노랑 갈색

지금
가을의 끝자락

떨어진 낙엽
무수한 산행 길의 발자국

잎새마다 짓눌러
잎맥만 남아

넓적한 돌판에
화석처럼 박혀 있어

또 하나의
오묘한 판화.

흐르는 것들

누군가가 그렇게 그리울 땐
내 마음 속 흰 구름 뜨고

어딘가 떠나고 싶을 땐
내 마음 속 바람이 일고

창밖 강물 바라보면
내 흐렸던 마음
씻어 버리고 싶어

구름, 바람, 강물,
세월, 그리움, 사랑———

흐르는 것들은
일정한 모양이 없어

흐르는 것들은
다 붙잡을 수 없어

흐르는 것들은
모두 말릴 수 없어.

사다새

그 육중한 턱 밑에
커다랗고 붉은 보자기엔
파닥이는 물고기
애달픈 새끼들의 먹이

주둥이 속으로
모가지까지 들어가
온 몸뚱아리 파헤쳐
먹이를 꺼내는 새끼들
희생의 찌꺼기까지

오늘도 새끼 위해
커다란 눈망울
줄지어 하늘을 나르다
바닷 속에 잽싸게 뛰어드는

날 수 있는 날개를 가져도
어쩜 네 삶도
온통 아픔이리라.

무채색

채도가 없어
더욱 무게로 느껴지는
흰색 회색 검정색

어떤 유혹에도
절대 굴하지 않고
온갖 시비도 싫은

그래서
더 담담해지고
깔끔해지고

세상 아무것도
부럽지 않는

차분히 가라앉아
제 자리를 지키는
그 당당함.

미세먼지

뭇 인간 스스로가
뿌려놓은
악의 가루

매캐한 냄새
동반하고

창틀 새로 뱀처럼
소리 없이 기어드는

에덴동산에는
이런 게 없었을 거야

4차 산업이
이 모든 걸 해결하는
열쇠를
우리는 갈망하고 싶네.

산의 묵상

육중한 몸매
등뼈처럼
아래 위 쭉 뻗어

그래도 성에 안 차
양쪽 옆 날갯죽지
쩍 벌려 보지만

언제나
이 자세로
하늘만 쳐다보기엔

넘치는 열정
주체할 수 없어

웅장한 사지
쭉쭉 뻗어
시공을 나르는 꿈
날마다 엮는다.

지진

지구 밖에서
뭇 인간의
온갖
추악한 일들
때문에

지구 안에서
참다가
참다가
용트림하는
마그마

그곳이 어딘지 몰라
이리저리 뒤뚱거려

땅이 갈라지고
건물도 넘어지고...

세상사는 것
너무 힘들고

참
어지러운 세상.

만추

봄, 여름, 가을
계절이 함께 묻어
무게로 못 이겨
낙하하는 낙엽 비

이리저리 구부러져
산비탈
누운 산책길 위엔
온통 낙엽비로 덮혀

노오란 은행잎
빨간 단풍잎
갈색의 상수리 잎

소복소복 쌓인
낙엽 속에
가을은
그 새 쌀쌀하다고
홑이불 덮고 있어

쳐다보이는
시린 하늘가
텅 빈 우듬지에
동그마니 얹혀있는
까치집 하나.

〈해설〉

꽃에 대한 관심과 절망의 극복

－선영자 제3시집 『하양의 신비』의 작품 세계

양 왕 용(시인, 부산대 명예교수)

선영자 시인은 지난 해 작고한 허일만(1941-2017) 시인의 미망인이다. 허 시인은 필자의 모교인 진주고등학교 선배로 남강문학회 초대 사무국장을 지낸 분이다. 필자는 남강문학회 회원으로 활동하면서 허 선배님과 가까워졌다. 고등학교 시절과 부산대학교 상과대학 무역과를 재학한 시절에는 화려한 작품 활동을 한 분으로 고교 재학 시절인 1959년 개인시집 『조약돌』을 상재하기도 했다. 그러나 대학의 전공을 살려 기업가로서의 길을 걸었던 탓에 시와는 멀어진 채로 있다가 2008년에 시단에 데뷔하여 10년 동안 시작활동을 했다. 그러나 만년에는 구강암으로 투병한 탓으로 시집도 엮지 못하고 작고했다. 이번에 선영자 시인이 제3시집 『하양의 신비』를 내면서 부군의 유고집을 함께 내기로 하여 준비하고 있다. 선 시인은 1950년대 말 부산사범 재학시절부터 시작활동을 했으며 사범학교 시절에는 각종 백일장에서 입상도 하였다. 그러나, 허 선배님과 결혼 후 두 아들의 양육과 초등학교 교사 생활의 분주함으로 시력은 오래 되었으나 시단에는 늦게 데뷔하였다.

선영자 시인의 시집 해설은 이번이 두 번째이다. 2012년에 발간한 제2시집 『詩가 흐르는 江』의 해설을 「시적 관심의 확대와 심화」라는 제목으로 쓴 바 있다. 이 시집은 부군인 허 선

배가 꾸민 시집이라 해도 과언이 아니다. 시집의 제자며 표지에 허 선배의 정성이 담겨 있었으며 필자 역시 허 선배님의 부탁으로 해설을 했던 것이다. 이 시집의 해설 말미에 두 분의 부부시집 발간을 소망했으나 끝내 이루지 못하고 허 선배님은 천국으로 갔다. 그런데 이번에는 선 시인이 직접 제3시집 해설을 부탁하면서 비록 부부시집은 아니지만 허 선배님의 유고집과 제3시집을 동시에 내겠다고 한다. 그래서 선 시인의 제3시집 제작이 좀 뒤로 미루어졌다. 어쩌면 이러한 부부애는 앞으로도 찾아보기 힘든 아름다운 일일 것도 같다.

선 시인은 동일한 시적 제재를 집중적으로 창작하는 습관을 가지고 있다. 2007년에 낸 제1시집 『시냇가에 심은 나무』는 나무에 대한 집중적 관심을 보였다. 그러나 제2시집의 시적제재는 다양했다. 그래서 해설 제목도 '시적 관심의 확대와 심화'라고 했던 것이다. 그리고 제1시집과 제2시집을 관통하는 시적 태도는 선 시인의 신앙인 기독교를 기반으로 한 '궁극적 관심'이었다. 그런데 이번 제3시집은 다시 '꽃'을 제재로 한 시가 많다. 선 시인 자신이 서문에서 밝힌 바 있지만 꽃을 제재로 한 시를 창작하고 있다가 부군 즉 허 선배의 발병과 투병 그리고 작고라는 큰 불행을 겪었다. 그래서 그러한 절망을 극복하는 시편 즉 돌아가신 부군을 그리워하는 일종의 추모시도 많다.

우선 제1부 <풀꽃>에서 '꽃'을 제재로 한 작품에 대하여 살펴보기로 한다. 같은 꽃이라도 미묘한 인식의 차이가 있는 3편을 골라 보았다.

(가) 물기 있는 자투리 땅
　　실개천 언저리
　　또는 논두렁

　　겸손하게
　　순수하게
　　소박하게

　　눈에 띌 듯 말 듯 해도

　　이슬과 바람, 햇살
　　살짜기 눈 맞추어 가며

　　삼삼하게 정답게 무리 지어
　　실바람에 살랑인다.

　　　　-「풀꽃 2」 전문

(나) 아직도 꽃샘바람
　　살짝 몸살 앓게 하는데

　　황금빛 춤사위 물결
　　숱한 번뇌
　　흩어버리고

　　따스한 햇볕
　　장다리꽃처럼
　　발돋움 하는 무리 사이로

　　한가한 오후의 시간
　　드디어 노오랗게
　　고요한 호수처럼 머문다.

　　　　-「유채화」 전문

(다) 모진 세월
　　진흙탕에 뿌리박아

　　바짝 낮게 엎드려
　　지은 죄 용서 빌어

　　칠흙 같은 세상
　　자성하는 마음
　　안으로 안으로 엮은 참회

　　드디어
　　우산 같은 연잎 되고
　　연꽃의 우아한 자태

　　차분히 마음 가라앉혀
　　속죄하는 형상으로
　　세상을 밝히더니

　　고난, 자성, 속죄, 참회…
　　드디어
　　작은 항아리 같은 열매 속에
　　알알이 뭉쳐져
　　쑥쑥 하늘을 향해
　　발돋움 한다.

　　　　　-「연밥」전문

　(가)「풀꽃 2」의 경우는 이름 없는 '풀꽃'이 시적 제재가 되어
있다. 그런데 그 풀꽃이 핀 장소도 지극히 척박한 곳이다. 첫
째 연에서처럼 '물기 있는 자투리 땅', '실개천 언저리', '논두
렁'등 결코 예사롭게 보면 찾아볼 수 없는 곳이다. 선 시인은
둘째 연에서 이렇게 척박한 곳에서 핀 풀꽃에서 기독교 신자들
의 중요한 인격적 덕목인 '겸손'을 발견한다. 그리고 순수하고
소박한 점에서 시적 대상이 되었다는 점도 밝히고 있다. 셋째

연부터 마지막 다섯째 연에서는 이러한 풀꽃도 그 나름으로 이슬과 바람 그리고 햇살과 더불어 존재하고 무리지어 실바람에도 살랑이며 아름다움을 자랑한다는 점을 보여주고 있다.

(나)「유채화」는 통용되는 명칭이 유채꽃인데 풀꽃에 비하여 아름다운 꽃이다. 우리나라에는 1962년부터 식용 기름을 짤 목적으로 보급된 꽃이다. 특히 제주도에 많이 재배되면서 봄의 전령사 역할도 하던 꽃이기도 하다. 그런데 요즈음은 전국의 곳곳에 유채꽃 단지를 조성하여 관광객을 유치하고 있다. 선 시인은 이 작품 즉 유채꽃에서에서는 관념이나 사상을 형상화하기보다 둘째 연에서처럼 '황금 춤사위 물결'에서 '숱한 번뇌'를 버리고 마지막 넷째 연에서처럼 한가로운 여유를 발견한다. 즉 꽃의 모습에서 위안을 찾는다.

(다)「연밥」의 경우는 연꽃의 아름다운 모습을 형상화하기보다 연꽃이 연밥 즉 연자육으로 되어가는 과정을 형상화하고 있다. 첫째 연부터 다섯째 연까지는 진흙탕에서 피어올라 우산 같은 연잎과 더불어 우아한 연꽃의 되어 가는 과정을 죄의 용서와 참회라는 기독교와 불교에서 찾아볼 수 있는 종교적 수행의지를 비유로 하여 형상화하고 있다. 그리고 마지막 여섯째 연에서는 그 동안의 과정을 '고난', '자성', '속죄', '참회'라는 관념으로 제시하면서 연밥의 모습을 '작은 항아리'로 비유하여 열매의 하늘 향함에다 천상지향의 의미를 부여한다.

이상의 세 작품을 살펴볼 때 꽃을 통하여 꽃 자체의 아름다움을 묘사하기보다 그 자신이 지향하는 삶의 자세 그것도 기독교적 세계관으로 형성된 겸손과 고난 극복, 그리고 속죄와 참회 등을 인식하고 있는 점이 특색이다. 그리고 유채꽃의 아름다움에서처럼 삶의 번뇌에서 해방되는 위안을 얻기도 한다.

제2부 <나에 대하여>는 주로 자기 자신과 가족들을 시적 대상으로 한 작품들이 많다. 그 가운데 2편을 골라보기로 한다.

(가) 낯설다.

　　　젊은 날
　　　그 반짝이던 눈망울
　　　어디 가고

　　　퍼석하고
　　　성긴 머리카락

　　　어디선가 불쑥 나타난
　　　어떤 노인

　　　윤기 잃은 얼굴엔
　　　세월이　켜켜이 쌓여

　　　거울 속에서
　　　나를
　　　물끄러미 바라본다.

　　　　　-「자화상」 전문
(나) 고향의 대나무 숲
　　　가장자리
　　　오솔길이 동그라미 그리고

　　　고샅길 끝자락
　　　사립문 열면 우리집

　　　남편도 없는 시집살이
　　　어린 남매 키우느라

굵어지는 손가락 마디

대청마루 밑
또아리 털고 있는 엽전 꾸러미
항아리 옆 쥐떼들 쏘다니고

가시나가 무슨 여행을 가냐고
장독대가 들썩거리도록
빗자루로 마당을 치시던 할아버지

하지만 여행 보내고 싶은
어머니 마음

보리쌀 몇 대박인지를 이고
새벽길 가르며 학교로 향하셨던
어머니

보리쌀 자루 밑
그 반짝이던 비녀.

　-「어머니의 비녀」 전문

　(가)「자화상」은 노년이 된 선 시인이 거울 속의 자기 모습을 보면서 착상한 시라고 볼 수 있다. 이 시는 선 시인의 개인의 구체적인 체험이라기보다 노년기의 시인 그것이 남자든지 여자든지 보편적으로 느낄 수 있는 체험이 형상화되었다는 점에서 크게 공감이 가는 작품이다. 그런데 이 작품에서의 장점은 노년기 시인 혹은 작가들이 자기 자신을 대상으로 작품을 쓸 때 삶에 대한 허무의식 즉 앞으로 이 세상에서의 살아갈 나날이 많지 않다는 점에서 오는 슬픔이나 아쉬움 등이 철저히 배제되었다는 점이다. 그렇게 된 까닭은 우선 시어가 생략되고 응축

되었기 때문이다. 다음으로는 사물을 대하는 태도에서 감정이나 정서가 거의 배제되었기 때문이다.

우선 첫째 연이 1행으로 그것도 '낯설다'라는 시어 하나로 되어 있어 앞으로의 시의 전개 과정을 긴장 속에 상상하게 만든다. 그리고 젊은 날의 긴 삶에 대하여 둘째 연에서 단 3행에 제시되어 있는 점도 긴장감을 놓치지 않게 한다. 그러면서 다음부터는 노년기의 모습인데 이 때부터는 자세히 제시된다. 물론 그렇다고 시어가 많아지지는 않는다. 셋째 연의 거울에 비친 머리카락 묘사는 단 2행에 세 개의 시어만 등장한다. 다음으로는 마치 남의 말 하듯이 거울 속에 '불쑥 어떤 노인이 나타났다'고 넷째 연에서 2행으로 자기 자신의 모습을 묘사한다. 그리고 그 노인 즉 자기 자신의 삶의 역정 역시 다음 다섯째 연에서 역시 2행으로 간략하게 진술한다. 그리고 마지막 일곱째 연에서야 비로소 거울 속의 노인이 자기 자신이라는 것을 밝힌다. 그러나 그 모습을 애달아하거나 슬퍼하지 않고 그냥 물끄러미 바라봄으로써 지나간 생애에 대하여 더욱 아쉽고 적막하게 느껴지는 효과를 거두고 있다.

(나)「어머니의 비녀」는 앞의 작품 보다는 구체적이다. 과부가 된 어머니가 남매를 키우면서 시아버지의 반대에도 불구하고 수학여행을 보내기 위하여 보리쌀 몇 되를 이고 학교로 간다는 사건이 간략하게 제시되어 있다. 물론 이러한 사건을 서술하기 전 첫째 연과 둘째 연 그리고 넷째 연의 선 시인의 고향집에 대한 묘사는 이 이야기와는 별개이다. 그리고 셋째 연은 홀어머니의 고단한 삶이 손가락 마디로 사물화 되어 있다. 3 연에 걸친 선 시인 고향집에 대한 묘사가 결코 군두더기라고는 생각은 들지 않는다. 다섯 째 연부터 여덟째 연까지는 앞에서 언급

한 여행에 얽힌 사건을 제시한 부분이다. 그리고 이러한 사건에서 어머니에 대한 그리움이나 자녀 사랑의 모습을 직접적으로 진술하지 않고 마지막 연에서 '보리쌀자루 밑/그 반짝이던 비녀'로 사물화 하는 솜씨 역시 선 시인의 시적 역량이 돋보이는 부분이라 할 수 있다.

　제3부 <떠나간 당신>에는 지난 해 작고한 남편 허일만 시인을 그리워하거나 추모하는 시편들로 편집되어 있다. 그 가운데 투병하는 허 시인의 모습과 작고한 날을 제재로 한 2편을 살펴보기로 한다.

　　　(가) 꺼져가는 등불도
　　　　　꺼지 않으시고

　　　　　상한 갈대도
　　　　　꺾지 않으시는

　　　　　그 크신 하나님의 사랑

　　　　　병마에 시달려
　　　　　그렇게 심한
　　　　　고통 덕분에

　　　　　두 손 다 무엇 하나
　　　　　어찌 할 수 없는 울먹임

　　　　　하나님은
　　　　　반드시 당신을
　　　　　찾으실 거예요

　　　　　감당 못할 시련은

주시지 않는다 했어요

더 크신 사랑으로
당신을 보듬어 일으키실 거예요.

-「상한 갈 대」 전문

(나) 그대 떠나는 날 아침
　　머리끝에서
　　발끝까지
　　온몸으로 울었다

　　다하지 못한 정성
　　회한으로
　　눈물이 범벅되어
　　끝도 없이
　　빰을 스쳐 내리고

　　산소호흡기가
　　무색하게
　　그대는
　　말 한마디 없이
　　그렇게 떠나 버렸다

　　그 크나 큰 고통
　　바람 되어
　　멀리멀리 떠나 보내고

　　사방은
　　정적에 까무러쳐 버리고

-「그 대 떠나는 날」 전문

(가)「상 한 갈대」는 '-병마에 고통 하는 남편을 보며'라는 부

제가 붙은 작품이다. 허 시인은 구강암으로 마지막에는 지극히 아픈 고통 속에서 진통제로 그 고통을 잊고 지냈다. 그 고통에 시달리는 허 시인의 병상을 지키며 선 시인은 두 사람의 신앙의 대상인 하나님께 기도하면서 허 시인을 위로하고 자기 자신도 위로를 받는다.

이 작품은 선 시인 자신의 신앙의 깊이에서 오는 성경에서 따온 부분이 많다. 우선 첫째 연부터 셋째 연까지의 내용은 신약성경 마태복음 12장 20절 "상한 갈대를 꺾지 아니하며 꺼져가는 심지를 끄지 아니 하기를 심판하여 이길 때까지 하리니"에 근거를 두고 있다. 《마태복음》의 이 부분은 다음과 같은 맥락을 가지고 있다. 《마태복음》 12장 첫 부분에서 안식일에 예수님의 제자들이 밀밭 사이로 가다가 시장하여 이삭을 잘라먹은 것을 바리새인이 안식일을 범하였다고 하자 예수님이 바리새인을 꾸짖는다. 그리고 안식일에 손 마른 환자를 고친다. 이러한 안식일의 논쟁에 이어 바리새인들이 예수님을 죽일 궁리를 하는 가운데 예수님은 안식일에 많은 환자들을 고친다. 그러면서 제자들에게 자기 자신을 나타내지 말라고 경고한다. 그런 다음 인용되는 성경이 구약성경 《이사야》 42장 1절로부터 4절까지의 예언이 이루어 질 것이라면서 18절로부터 21절까지 그 예언을 인용한 것 가운데 일부분이다.

이사야 선지자는 예수님이 이 땅에 오시기 700년 전 예수님의 오심을 구체적으로 예언한 선지자이다. 이사야 42장 1-4절을 살펴보면 다음과 같다.

(1) 내가 붙드는 나의 종, 내 마음에 기뻐하는 자 곧 내가 택한 사람을 보라 내가 나의 영을 그에게 주었는 즉 그

가 이방에 정의를 베푸리라

(2) 그는 외치지 아니하며 목소리를 높이지 아니하며 그 소
리를 거리에 들리게 하지 아니하며

(3) 상한 갈대를 꺾지 아니하며 꺼져가는 등불을 끄지 아니
하고 진실로 정의를 시행할 것이며

(4) 그는 쇠하지 아니하며 낙담하지 아니하고 세상에 정의를
세우기에 이르리니 섬들이 그 교훈을 앙망하리라

마태복음 12장 20절과 이사야 42장 3절로 인하여 예수님 혹
은 하나님의 성품을 지칭하여 기도할 때 많이 사용하는 부분을
선 시인 나름으로 변용한 것이다. 선 시인의 표현이나 우리가
알고 있는 보편적인 하나님의 성품은 신약 마태복음 번역보다
구약 이사야 번역에 가깝다. 즉 하나님은 상한 갈대도 꺾지 않
으시고 꺼져가는 등불도 끄지 않으시는 분인 것이다. 이러한
하나님께 선 시인은 남편을 고통에서 견디게 해주라고 간구하
는 내용의 시가 바로 (가)「상한 갈대」이다.

그리고 후반부 일곱째 연부터 아홉째 연까지의 감당하지 못하
는 고통을 주시지 않는다는 선 시인의 하나님의 성품에 대한
기대는 사도 바울이 쓴 신약성경 《고린도전서》 10장 13절의
다음과 같은 말씀에 근거를 두고 있다.

사람이 감당할 시험 밖에는 너희가 당한 것이 없나니 오직 하
나님은 미쁘사 너희가 감당하지 못할 시험 당함을 허락하지 아
니하시고 시험 당할 즈음에 또한 피할 길을 내사 너희로 능히
감당하게 하시느니라

이상과 같은 근거로 보아 이 작품은 시이면서 동시에 선 시인의 남편 허 시인을 천국으로 인도해 달라는 간절한 기도라고도 볼 수 있다.

(나)「그대 떠나는 날」은 허 시인이 운명하는 날이 제재가 된 시이다. 물론 허 시인은 선 시인의 소망대로 천국으로 갔을 것이다. 그러나 이 세상을 떠나는 허 시인을 곁에서 지켜 본 선 시인으로서는 인간적으로 슬퍼하지 않을 수 없다. 그리고 아프기 전까지 현역으로 사업에 몰두한 허 시인이었기에 그 내조에 더욱 분주했을 선 시인으로서는 슬픔이 더욱 컸을 것이다. 첫째 연에서는 그의 슬픔을 극대화시키고 있다. 둘째 연에서는 평소와 병상에서 다하지 못한 정성이 슬픔의 근원이라 하고 있다. 셋째 연에서는 산소 호흡기에 의지하여 아무 말 못하고 떠나버린 허 시인과의 이별을 아쉬워하고 있다. 마지막 넷째 연과 다섯째 연은 떠나보낸 직후 슬픔으로 인하여 선 시인의 거의 공황장애 수준이 된 정신 상태를 간략하게 서술하고 있다. 이렇게 선 시인은 그날의 슬픔과 절망 그리고 고통을 시로 남기고 있다. 그러나 그는 다시 신앙의 힘으로 그것들을 극복하고 시를 창작할 것이다.

제4부「피난처」에서 선 시인은 다시 신앙으로 고통과 절망의 피난처를 찾았다는 점을 엿볼 수 있는 시들이 등장한다. 우선 이 시집의 제목이 되는 「하양의 신비」와 「피난처」를 인용해 보기로 한다.

(가) 화창한 봄날
　　신부의 하이얀 드레스
　　채도가 없어도
　　눈부신 황홀함

여름날
솜을 쌓아 놓은 듯
피어오르는 뭉게구름의
오묘함

이른 가을날
하늘은 점점 푸르러 가는데
높은 산골짜기 우거진 숲 아래
세로로 겹겹 흰 기둥으로
쏟아지는 폭포수의
장엄함

겨울 날
흰 눈 차곡차곡 쌓여
모든 더러움
한꺼번에 삭제하는
순수

다른 어떤 색들도
흉내 낼 수 없는 카리스마
하양의 무게

빨강 파랑 초록빛 어울려
하양이 되는 신비
하나님의 솜씨

그래서 천국은
눈부신 하양이라
했던가

-「하양의 신비」 전문

(나) 어스름 황혼이 지고
    땅거미 덮힐 무렵

가슴팍에 파고드는
쓸쓸한 바람

모래알처럼
서걱이는
외로움

그대가 남겨놓은
휑한 빈자리
뿌리고 뿌려

이럴 때면
주는
나의 피난처

여호와로 인하여
내 영혼
즐거움 찾아

주님 팔에 안겨
부드럽고 안온해지는
내 마음

　　　-「피난처」 전문

　(가)「하양의 신비」는 선 시인의 작품으로는 지금의 경향과는
다르다. 제1시집이 나무라는 사물이 시의 제재였고 제2시집에
서는 제재는 다양한 사물을 등장시켰으나　한 작품에는 하나의
사물로 한 편의 시가 완성되곤 하였다. 이번의 제3시집의 경우
에는 꽃이라는 제재로 시를 썼다고 직접 <책머리에서> 밝히고
있다. 그런데도 시집의 제목으로 택한 것이 이 작품이다. 우선
이 시의 제재는 특정 사물이 아니라 색깔이다. 그 가운데도 무
채색인 하양을 선 시인은 집중적으로 형상화 하고 있다. 달리

말하면 색깔이 존재하지 않는 하양을 형상화 하고 있다. 우선 첫째 연에서는 봄날에 결혼하는 신부의 하양 웨딩드레스에서 하양의 황홀함을 발견한다. 그러나 황홀함은 다소 추상적이다. 둘째 연에서는 여름날의 하늘에 있는 뭉게구름이 제시되면서 뭉게구름에서 보이는 하양의 신비는 오묘함이라 인식하고 있다. 여기서 황홀함보다는 하양의 정체가 구체적이 되어간다. 셋째 연의 경우에도 이른 가을 산골짜기의 흰 기둥으로 쏟아지는 폭포에서 하양의 장엄함을 인식한다. 여기서는 청각적 이미지를 등장시켜 감각화 하고 있다. 이상으로 살펴볼 때 우선 선 시인의 시적 상상력의 구조는 사계절이라는 질서를 가지고 있다고 짐작할 수 있다. 다섯째 연에서는 겨울 낮의 흰 눈에서 모든 더러움을 한꺼번에 없애는 하양의 신비를 순수라고 보아 더욱 구체화 시킨다.

이렇게 계절의 상상력으로 하양을 사물화 시킨 후 다섯 째 연부터는 하양의 신비를 해석한다. 어떤 색채도 흉내 못내는 카리스마를 가지고 있다고 인식하면서 하양의 신비는 결국 하나님의 솜씨로 귀결되고 마지막 여덟 째 연에서 눈부신 하양은 천국이 된다. 이렇게 다른 시에 비하여 복잡한 의미구조를 가지고 있는 이 작품에서 그의 시적 역량을 보여주고 있다. 결국 선 시인이 추구하는 것은 하양에서 때 묻지 않는 천국을 발견한 것이다. 이러한 천국지향성으로 인하여 이 작품이 제3시집의 대표작이면서 시집의 제목이 되었다고 볼 수 있다.

(나)「피난처」는 작품 속에서는 '그대'라고 지칭되고 있는 부군 허 시인이 떠난 자리의 외로움의 피난처는 결국 주님이라는 점을 7연으로 표현한 작품이다. 선 영자 시인은 교회의 권사이기도 하다. 결국 그는 신앙의 깊이로 인하여 남편의 죽음이라는

절망과 고통을 극복하고 마음과 영혼이 평안해지는 것이다. 이러한 극복의 결과물이 그의 제3시집 발간과 동시 허일만 시인의 유고집을 상재하는 것이라고 볼 수 있다.

마지막 제5부 <봄 여름 가을 겨울 그리고…>에서는 선 시인의 마음과 영혼이 고통과 절망으로부터 벗어나 일상으로 돌아와 어느 정도 평정심을 찾아간다는 것을 보여주는 작품들로 편집되어 있다. 우선 5부의 세목을 계절의 니열로 잡은 것 자체가 그러한 선 시인의 심정을 짐작할 수 있다. 이러한 선 시인의 심정이 잘 드러나 있는 두 편을 살펴보기로 한다.

> (가) 무성한 초록의 향연
> 아침 이슬 은방울 되어
> 흘러내리고
>
> 눈부신 햇살
> 온 들판
> 누빌 때
>
> 어디선가 풍요로운 향내
> 내 몸속으로
> 빨려 들어오는 것 같은
> 6월의 청명한 아침
>
> 청량음료를 마시듯
> 한가롭고 신선하다
> 밝은 기운이 감돈다
>
> 은은한 힐링
>
> -「유월」 전문

(나) 내 후회스런 지난 날

    깡그리
    허공 중에 날려 보내고
    우두커니 앉아
    창밖
    푸른 하늘 바라보며

    뒤돌아보지 않기
    다짐다짐 하고도

    이삭 줍듯
    명상의 나래 주워
    펼쳐본다

    보람 있었던 일
    즐거웠던 시절
    감사가 넘치던 시간

    한 올 한 올
    날줄과 씨줄 엮어

    상상의 천
    만들어 본다

    과연 어떤 색깔이 될까.

    -「어느 날 오후」전문

(가)「유월」의 경우는 초기부터 지금까지 선 시인의 시를 지배하고 있던 정서인 기쁨 혹은 즐거움과 그에서 나오는 따스함과 사물에 대한 긍정적 태도가 다시 살아난 작품이다. 유월은 봄에서 여름으로 넘어 가는 징금다리라 달이라고 볼 수 있다. 그

래서 색깔로는 첫 연 첫 행처럼 '초록의 향연'이다. 그리고 아침 이슬은 둘째 행처럼 아름다움의 극치인 은방울로 비유될 수 있다. 둘째 연에서는 초여름의 눈부신 햇살을 형상화하였다. 이러한 사물들에 대한 선 시인의 긍정적인 느낌이 셋째 연에서 길게 7행에 걸쳐 진술되고 있다. 그러나 이러한 나열에도 불구하고 유월의 느낌을 마지막 넷째 연에서 짧게 '은은한 힐링'이라고 정의하고 있다. 이상과 같이 선 시인은 다시 일상의 평범한 사물에서 마음의 평안을 누리게 되었다.

(나)「어느 날 오후」에서는 다소 지난날의 회한이 노출되고 있으나 그래도 첫째 연부터 넷째 연에서 그것은 적극적으로 날려보낼 것이라 피력하고 있다. 그러면서 발견한 명상의 방법이 여섯째 연처럼' 보람 있었던 일/즐거웠던 시절/ 감사가 넘치는 시간'이다. 그러면서 마지막 3연에서 그러한 기억으로 상상의 천을 만들어 본다. 마지막 아홉째 연처럼 그가 상상의 천에서 기대하는 것은 색깔에 대한 호기심이다. 색깔에 대한 호기심은 이미 이 시집의 표제작 「하양의 신비」에서 예견된 호기심이다.

이 시집 이후의 선 시인의 관심은 색깔에 있을 듯하다. 비록 노년의 선 시인이기는 하나 화사하고 포근한 색깔 탐구의 작품들로 다음의 시집이 엮어지기를 기대하면서 해설을 마친다.